L'AMOUR MUTUEL,

PASTORALLE

EN UN ACTE,

CHANTE'E DEVANT LEURS MAJESTEZ

à Marli le 14. Decembre 1729.

MISE EN MUSIQUE

Par J. B. DUTARTRE.

A PARIS,

Chez la Veuve MAZIERES & J. B. GARNIER, Imprimeurs-
Libraires de la Reine, rue S. Jacques, à la Providence.

M. DCC XXIX.
AVEC APROBATION.

PERSONAGES.

DAPHNIS *Amant de Doris,*   M. Dumas.

DORIS *Amante de Daphnis,*   Mlle Lenner.

L'AMOUR,   Mlle

LICAS *Berger indiférent qui se soûmet*

     à l'Amour,   M. Dangerville.

UN PLAISIR,   Mlle Roblin.

SUIVANS DE L'AMOUR.

TROUPE DE BERGERS.

TROUPE DE BERGERES.

La Scene se passe dans un Bocage.

L'AMOUR MUTUEL,

PASTORALLE.

SCENE PREMIERE,

DAPHNIS, LICAS.

LICAS.

UOI Daphnis nuit & jour
Languit dans les fers de l'Amour !
Ce dangereux Vainqueur le bleſ-
se,
Il cede à ſon pouvoir : Que je plains ſa foibleſſe ?

Heureuſe liberté
Tu n'as que des charmes,
Je cheris ta tranquilité :
Amour tu n'as que des alarmes,
Je fuis ta captivité.

A

L'AMOUR MUTUEL,

DAPHNIS.

Il eſt vrai qu'à ce Dieu je rends ici les armes;
Pour l'aimable Doris il embraſe mon Cœur:
   Pouvois-je, helas! éviter ſon ardeur?

Amour tu ménageois une ſûre défaite
Par le choix de l'Objet dont tu m'as enchanté:
Tu regnes dans mon Cœur, ta victoire eſt parfaite;
    J'en fais ma félicité.

LICAS.

   L'Amour uſe d'adreſſe
   Pour ſurprendre les Cœurs;
   Il les flate ſans ceſſe
Par l'eſpoir de mille douceurs:
Mais toſt ou tard de ſa tendreſſe
Naiſſent les maux & les rigueurs.

DAPHNIS.

Dans l'empire amoureux ſi l'on ſoufre des peines,
Ces peines même ont des atraits charmans:
   Tout plaît dans les tendres chaînes;
  On en aime juſqu'aux tourmens.

LICAS & DAPHNIS *enſemble.*

LICAS. ⎧ ſont des nœuds ⎫
Non non les nœuds d'Amour ⎨   ⎬ redouta-
DAPHNIS. ⎩ ne ſont point ⎭ bles;

LICAS. ⎧ peines . . . . ⎫
Ils ofrent à nos Cœurs des ⎨   ⎬ véritables
DAPHNIS. ⎩ plaiſirs . . . ⎭

DAPHNIS.

Doris paroît en ces lieux,
Je n'ofe encor fur mon ardeur fidelle
M'expliquer avec elle;
Cachons-nous à fes yeux.

SCENE DEUXIEME.

DORIS *feule.*

AMOUR jufque dans tes alarmes
Tu fais gouter mille douceurs;
Tes troubles n'ont pas moins de charmes,
Que tes faveurs.

Ici tout eft paifible
Pour un Cœur afranchi du pouvoir de tes traits;
Mais ce Cœur infenfible
Ne jouit point du prix de tes charmans atraits.

Amour jufque dans tes alarmes,
Tu fais gouter mille douceurs;
Tes troubles n'ont pas moins de charmes,
Que tes faveurs.

Le Berger qui m'engage
N'a point encor fait éclater fes feux.
A quel Objet rend-t'il homage?
Pour qui deftine-t'il fes vœux?

A ij

Près de moi souvent il soupire,

Helas ! pourois-je m'assurer

D'avoir pris sur lui quelqu'empire?

Si je crains, j'ai du moins le plaisir d'esperer.

Amour jusque dans tes alarmes

Tu fais gouter mille douceurs;

Tes troubles n'ont pas moins de charmes,

Que tes faveurs.

J'aperçois le Berger que j'aime.

Que me veut-il ? fuions. Ciel ! que veux-je moi-même?

❖❖❖❖❖ ❭❖❖❖❖❖❖❖❖❖❖❖❖❖❖❖❖❖❖❖❖❖❖❖❖❖❖❖❖❖❖❖❖❖❖❖❖❖

SCENE TROISIE'ME.

DAPHNIS, DORIS.

DAPHNIS,

CHARME' de vos beaux yeux,

Je viens consulter en eux

Le destin que je dois atendre,

L'Amant le plus tendre

Vous présente ses vœux;

Parlez parlez ; son sort heureux ou malheureux

De vous seule peut dépendre.

DORIS.

Que venez-vous m'aprendre?

Quoi, Daphnis seroit amoureux |

DAPHNIS.

Helas ! il n'eſt plus tems de vous cacher ma flâme :
Mes yeux diſent aſſez le ſecret de mon Ame.
Contre mille Beautés cent fois j'ai reſiſté ;
Contre vous je n'ai pu ſauver ma liberté.
Helas ! il n'eſt plus tems de vous cacher ma flâme :
Mes yeux diſent aſſez le ſecret de mon Ame.

DORIS.

Une amoureuſe ardeur
N'échape guerre aux yeux qui l'ont fait naître :
Aurois-je êté ſi long tems ſans conoître
Celle qui regne en vôtre Cœur?

DAPHNIS.

Je n'oſois me flater qu'une tendreſſe extrême
Plût à l'Objet qui m'a charmé :
Il en coute à dire qu'on aime,
Lorſqu'on n'eſt pas ſûr d'être aimé.

DORIS.

Un Amour trop preſſant arme nôtre colere ;
Un Amour trop diſcret contraint nos ſentimens :
L'Amant timide & l'Amant témeraire
Cauſent eux-mêmes leurs tourmens.

DAPHNIS.

Briſez le joug d'une vaine contrainte ;
Rendez heureux le plus fidelle Amant.
Me forcer à banir la crainte
Eſt-ce flater mon Cœur d'un eſpoir ſi charmant?

L'AMOUR MUTUEL,

DORIS.

Les Amans près des Belles
Ne vantent que trop leurs ardeurs :
Souvent les plus trompeurs
Difent qu'ils font les plus fidelles.

Je crois en vous plus de fincerité :
Helas ! vous avourai-je une foibleſſe extrême ?
Vous m'aimiez en fecret......

DAPHNIS.

Ah ! m'aimiez-vous de même ?

DORIS.

Qu'Amour faſſe à jamais nôtre félicité.

DAPHNIS.

Quel favorable aveu vient de ravir mon Ame ;
Dieux ! mon Cœur en eſt enchanté :
La Mort n'éteindra pas une ſi belle flâme,
Et tout vous répondra de ma fidélité.

DAPHNIS & DORIS *enſemble.*

Aimons-nous, aimons-nous. Qu'une ardeur mutuelle
Uniſſe nos deſirs.
Jouiſſons, jouiſſons des inocens plaiſirs
D'une flâme éternelle.

*Ici l'on entend une agréable ſimphonie ; l'*AMOUR *paroît ſur
un Char galand, & deſcend dans le Bocage.*

DORIS.

Quels ſons mélodieux
Se font entendre dans les Cieux ?

DAPHNIS.

Amour satisfait de l'homage
Que vous rendez à sa grandeur,
Vient lui-même dans ce Bocage
Combler nôtre bonheur.

SCENE QUATRIEME

L'AMOUR, SUIVANTS de l'AMOUR, DAPHNIS,
DORIS, *Troupe de* BERGERS, *Troupe de* BERGERES.

L'AMOUR.

RÁssemblez-vous, formez la feſte la plus belle,
Venez tous célébrer ma victoire nouvelle.

Et vous riant séjour
Orné par la seule nature,
Recevez de l'Amour
Une plus brillante parure.

Ici le Bocage s'embellit magnifiquement.

Entrée des BERGERS *&) des* BERGERES.

CHOEUR *des* BERGERS *&) des* BERGERES.

Chantons le plus charmant des Dieux,
Il fait briller ici sa gloire ;
Chantons la nouvelle victoire
Qu'il remporte dans ces beaux lieux.

L'AMOUR MUTUEL,

Air pour L'AMOUR.

Volez Amours, volez fous ces ombrages,
Ris & plaifirs fuivez mes pas ;
Je veux dans ces bocages
Réunir mes plus doux apas.

Que fans trouble & fans peines
On y porte mes chaînes ;
En faveur des Amans
Je banis les tourmens.

Volez Amours, volez fous ces ombrages,
Ris & plaifirs fuivez mes pas ;
Je veux dans ces bocages
Réunir mes plus doux apas.

Les AMOURS *volent & defcendent.*

Entrée des AMOURS *& des* PLAISIRS.

L'on reprend le CHOEUR *précedent.*
Chantons le plus charmant des Dieux,
Il fait briller ici fa gloire ;
Chantons la nouvelle victoire
Qu'il remporte dans ces beaux lieux.

Mufette pour DORIS.
Au tendre Amour
Que Chacun en ce jour
S'empreffe à venir rendre homage ;

Point

PASTORALLE.
Point de rigueurs,
Par ses seules faveurs
Il veut embraser tous les Cœurs.

Ses ardeurs
Naissent des ris du badinage ;
Ses ardeurs
Nous font goûter mille douceurs :
Parmi les grandeurs
Sont ses langueurs,
Les vains honeurs
Ne valent pas son esclavage ;
Ce Dieu regne en paix ;
Qu'il a d'atraits ?
Que pour jamais
Il lance ici ses traits ?

UN PLAISIR *alternativement avec le* CHOEUR.
UN PLAISIR.
Passez dans les Amours
Le tems de la jeunesse :
Sans l'aimable tendresse,
Il n'est point de beaux jours.

LE CHOEUR.
Passons dans les Amours
Le tems de la jeunesse :
Sans l'aimable tendresse,
Il n'est point de beaux jours.

B

L'AMOUR MUTUEL,

UN PLAISIR.

Heureux qui foupire !
Les fimples defirs
Que l'Amour infpire
Sont de vrais plaifirs.

LE CHOEUR.

Paffons dans les Amours
Le tems de la jeuneffe :
Sans l'aimable tendreffe ,
Il n'eft point de beaux jours.

UN PLAISIR.

Rendez-vous au Dieu de Cithere ;
Goûtez fes plaifirs fortunés :
Les beaux ans ne vous font donés
Que pour lui plaire.

LE CHOEUR.

Paffons dans les Amours
Le tems de la jeuneffe :
Sans l'aimable tendreffe
Il n'eft point de beaux jours.

Menuet.

UN PLAISIR.

Amans heureux
Profitez de vôtre tendreffe ;
Amans heureux
Ne rompez jamais vos nœuds,

Cupidon victorieux
    Dans ces lieux
  Vous remplit d'allegreſſe ;
Cupidon victorieux
    Va combler vos vœux ;
    Que ſans ceſſe
  De ſes traits il vous bleſſe ;
Un ſort délicieux
    Unit vos feux.

Air pour DAPHNIS.
    Dans ce lieu champêtre
    Tout fait conoître
    Que l'Amour
    Y tient ſa Cour ;
    L'Onde pure
Forme un agréable murmure ;
Les Zephirs d'alentour
Enchantent ce ſéjour :

    L'aimable Flore
    Y fait éclore
    Mille fleurs
  De riches couleurs ;
Philomele à nos chans
Joint ſes tendres accens ;
Echo dans ſa retraite
    Repete
   Les doux ſons
  De nos chanſons.

SCENE CINQUIEME ET DERNIERE

LICAS *& les* Acteurs *de la Scene précedente.*

Licas.

C'Est envain qu'à l'Amour
Je voulois faire réſiſtance,
Par une douce vengeance
Il m'enflâme en ce jour
Non non l'indiférence
Ne ſauroit ſoûtenir ſon aimable preſence.

Reçois charmant Vainqueur,
Reçois l'homage de mon Cœur :

La ſévere raiſon à ton pouvoir ſuprême
Sans ceſſe s'opoſoit en moi ;
Je renonce à l'erreur extrême
Qui me privoit de vivre ſous ta loi ;
Pour être heureux je ſens qu'il faut que j'aime,

Reçois charmant Vainqueur,
Reçois l'homage de mon Cœur.

Triomphe Dieu d'Amour, tes fers ont mille charmes ;
Enchaîne ici les Cœurs, nous te rendons les armes.
Le Choeur *repete les deux derniers vers* Triomphe &c.

LICAS *à* L'AMOUR.

Parmi tant de Beautés
Qu'on voit dans ces lieux enchantés,
La Belle Amarillis vient d'embrafer mon Ame;
Amour fais que fon Cœur foit fenfible à ma flâme.

L'AMOUR.

Je devrois te punir
D'avoir voulu me fuïr,
Mais ta priere
Defarme ma colere:
D'Amarillis
Sois à jamais épris;
Sans peine à cette Bergere
Tu fauras plaire.

Regnez Plaifirs dans ce charmant féjour,
Rien n'échape à ma gloire;
Je remporte en ce jour
Victoire fur victoire.

Les Danfes recomencent.

L'AMOUR.

Alez couroner cette fefte
Au gré de vos plus chers defirs;
Le fruit d'une tendre conquefte
Se termine aux plus grands plaifirs.

LE CHOEUR *repete les quatre derniers vers*, Alez &c.

F I N.

Les paroles font de M. Gaultier.

APROBATION.

J'AI lû par ordre de Monseigneur le Garde des Sceaux *l'Amour mutuel*, *Pastoralle*. Fait à Paris le 29. Octobre 1729. GALLYOT.

www.ingramcontent.com/pod-product-compliance
Lightning Source LLC
Chambersburg PA
CBHW061510170626
46811CB00004B/1689